Arlene Maguire

Todos somos especiales

EVEREST

Todos somos especiales

MONTAÑA
ENCANTADA

Todos somos especiales,
únicos y fenomenales,
por la ropa que llevamos
y las palabras que usamos.

Somos de varios colores,
y de diversas medidas.
Tenemos gustos diferentes
y comidas preferidas.

A algunos les encanta el jardín,
ni las abejas los consiguen molestar,
mientras que otros llegan a descubrir
que la hierba los hace estornudar.

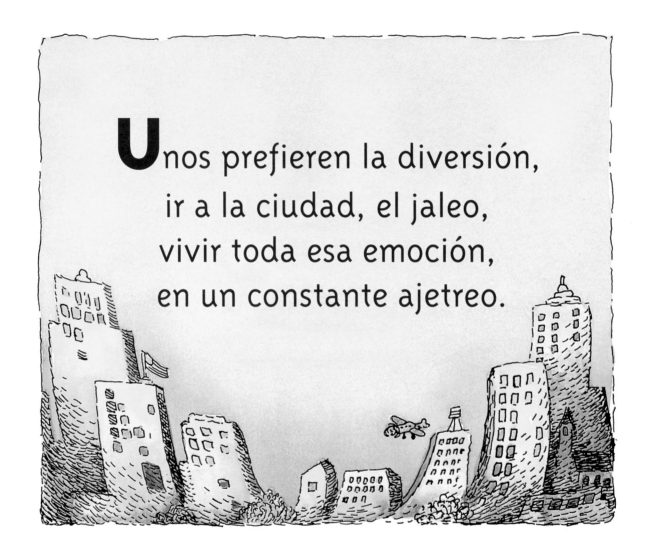

Unos prefieren la diversión,
ir a la ciudad, el jaleo,
vivir toda esa emoción,
en un constante ajetreo.

Otros prefieren la calma,
salir al campo en verano,
y pasear entre las flores
por la mañana temprano.

A unos les gusta leer.
Como la escuela no hay nada.
Otros prefieren pescar
con anzuelo y con carnada.

Hay quien ama las carreras,
en moto, en coche, en velero.
Otros recorren estrellas
y en naves cruzan el cielo.

Algunos se especializan
en serpientes y en insectos,
y hay quien arregla los coches
sin dejar un desperfecto.

Unos prefieren los hámsters.
Otros adoran los gatos.
Todos a su gusto eligen
el sombrero y los zapatos.

Unos prefieren guardar
sellos, botones, zapatos,
y a otros les gusta tirar
todo lo que sean trastos.

A algunos les gusta el peligro,
y aman cazar en la selva,
escalar altas montañas
y explorar oscuras sendas.

Hay a quien le encanta el té
y sin prisa descansar.
Disfrutan la buena mesa
y salen luego a comprar.

Todo el mundo es especial
y con gustos diferentes.
Hay quien prefiere escuchar,
y tratar con mucha gente.

Algunos, muy inteligentes,
ganan siempre al concursar,
pero intentarlo es tan importante
como lograr el primer lugar.

Unos duermen en el suelo,
otros con suaves almohadas.
Pero iguales somos todos
tengamos mucho o nada.

Yo prefiero el estofado
y a ti te gusta el pescado.
Elige lo que tú quieras,
mientras sea de tu agrado.

Algunos van tan deprisa
que casi los ves volar,
pero alguien muy especial
será el último en llegar.

Eres realmente importante,
único, alguien sin par,
desde la ropa que llevas
hasta tu forma de hablar.

Tú eres alguien especial,
una estrella sin igual.
No dejes de ser quien eres,
nunca trates de cambiar.

ARLENE MAGUIRE

Nació en New Jersey y ha escrito libros para niños durante tres décadas. Obtuvo la licenciatura en la Universidad de Rutgers, y ha enseñado en escuelas primarias durante casi veinte años. Arlene se ha dedicado a escribir libros para inculcar la autoestima en los niños pequeños. Consciente de que "nuestra propia imagen se forma en la primera etapa de nuestra vida", sus libros enseñan a los niños a expresar sus sentimientos y a sentirse orgullosos de ser quienes son. Arlene es madre de dos niños, madrastra de tres y madre adoptiva de uno. Actualmente reside en San Diego, California.

SHEILA LUCAS

Es ilustradora desde hace más de diez años. Comenzó su carrera en una empresa de tarjetas de felicitación y ahora trabaja como ilustradora en los estudios Will Vinton. Vive en Oregón con su gato, Hershey, y su perra, Jenny. Éste es su cuarto libro para niños.

Título original: *We're All Special*
Traducción: Yanitzia Carretti

© 1995 by Portunus Publishing
© 1997 EDITORIAL EVEREST, S. A.
Carretera León-La Coruña, km 5 - LEÓN
ISBN: 84-241-3181-9
Depósito legal: LE. 1.339-1997
Printed in Spain - Impreso en España

EDITORIAL EVERGRÁFICAS, S. L.
Carretera León-La Coruña, km 5
LEÓN (España)

Les
Autochtones

As-tu déjà entendu parler de médiums qui vont chez les gens et font brûler de la sauge afin de chasser les mauvais esprits de la maison ? Cette façon de faire n'est pas le fruit de leur invention. Elle est héritée des Malécites, pour qui ce rite servait à purifier les lieux de cérémonie. Les médiums l'ont quelque peu modifié pour l'adapter à notre époque.

Paul Kane   painter
              peintre   Ca

Canada 7

Lorsque tu fais du camping sous une tente, tu poursuis la façon de vivre des Micmacs d'autrefois. En effet, il était beaucoup plus pratique pour eux de vivre sous une tente (appelée tipi ou «wigwam») puisqu'ils pouvaient déménager facilement au gré des saisons.

L'hiver, ils montaient leurs tentes au milieu des bois afin d'être protégés du vent et de pouvoir chasser le gibier. L'été, ils s'installaient près d'une rivière pour pouvoir pêcher et pour être moins la proie des mouches noires.

Les archéologues ont découvert que les hommes préhistoriques dessinaient des histoires de chasse et de famille sur les murs des cavernes.

Les Abénakis avaient un peu la même façon de faire, mais au lieu de dessiner dans la pierre, ils sculptaient des totems dans des troncs d'arbres. Ces totems permettaient de raconter des histoires et des légendes de toutes sortes.

Les Inuits constituent l'une des nombreuses nations autochtones. Leur territoire, le Nunavut , qui signifie notre terre, regroupe 4 fuseaux horaires. Il s'étend de la forêt boréale, située au sud, jusqu'à la calotte polaire, située à l'extrême nord. Le Nunavut a donc une superficie d'environ 3000 kilomètres, soit environ 373 fois la profondeur de la fosse océanique la plus profonde, nommée la fosse des Mariannes et située l'océan Pacifique.

Les cowboys du Far West ont appris des Mohawks le lancer du lasso ainsi que la plupart de leurs habiletés avec les chevaux. Les Mohawks ont toujours eu une relation spéciale avec leurs chevaux, ce qui fait qu'ils sont les maîtres d'œuvre en ce qui a trait aux concours d'habileté à dos de cheval. « Cabresser » est le terme qu'ils utilisent pour désigner le lancer du lasso.

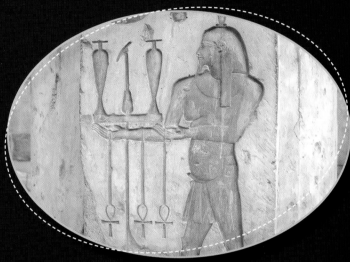

Les Algonquins ont comme tradition de conserver le nombril séché des bébés dans un petit sac en tissu. Ils croient que cela permet au bébé de garder un lien avec sa mère.

Cette coutume ressemble un peu à la momification des morts égyptienne: chacun des organes internes du mort était placé dans des contenants spéciaux afin qu'un dieu différent veille sur chacun des organes pour que la personne décédée ait de la chance et tout ce qui lui faut dans sa nouvelle vie.

Dans certaines tribus indigènes, les chasseurs gardent la tête de leur victime en signe de victoire et comme trophée. Celle-ci est fixée au bout d'un long bâton et sèche ainsi dans la hutte du guerrier qui la conservera.

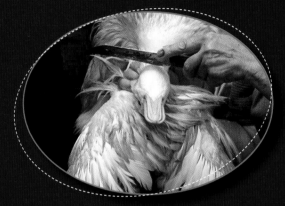

Chez les Cris, certaines familles ont conservé la tradition de leurs ancêtres, qui consiste à sécher et à bourrer la tête du premier canard, perdrix ou oie, tué par un jeune chasseur. La mère et la grand-mère de celui-ci décorent par la suite la tête de l'animal avec des perles et des broderies traditionnelles. Le jeune chasseur conserve bien précieusement et avec beaucoup de fierté ce souvenir de sa première proie.

Les saunas que nous connaissons aujourd'hui, ces pièces dans lesquelles il y a beaucoup d'humidité et de chaleur, nous viennent des Naskapis.

Sweathouse

This miniature forked-stick hogan without a smoke hole is actually a highly effective bath – an ancient solution to the problem of keeping clean in a land where water is scarce.

Here's how it works: Stones are heated in a fire, then rolled in, or carried in on a wooden fork. The bathers undress outside, and then crawl inside. A blanket is hung over the opening. Now all it takes is patience while the radiant [heat] does its work. This is the time for relaxing sweathouse songs.

[...] rsing – and perhaps singing sweathouse songs, [...] the bathers emerge from the sweathouse to rinse [... wat]er, if any is available, or to rub dry with the soft [... san]d of Navajo country.

Encore aujourd'hui, lorsqu'ils sont malades ou veulent purifier leur corps des mauvais esprits ou méditer, les autochtones font une cérémonie de sudation. Ils se recueillent pendant plusieurs heures dans une très petite tente fermée où des pierres brûlantes, sur lesquelles on a versé de l'eau, dégagent de la vapeur très chaude.

Les divers porte-bébé, que les mamans d'aujourd'hui utilisent pour transporter leur poupon plus aisément qu'avec une poussette, sont utilisés par les Attikameks depuis déjà bien longtemps. Leurs ancêtres les fabriquaient avec des troncs d'arbres et de l'écorce. Les Attikameks appellent ce porte-bébé un «tikinakan».

Comme tu le sais probablement, dans une année il y a 4 saisons : le printemps, l'été, l'automne et l'hiver. Eh bien chez les Montagnais, il y a 6 saisons! Oui, tu as bien lu ! Six! Il y a le pré-printemps, le printemps, l'été, l'automne, le pré-hiver et l'hiver.

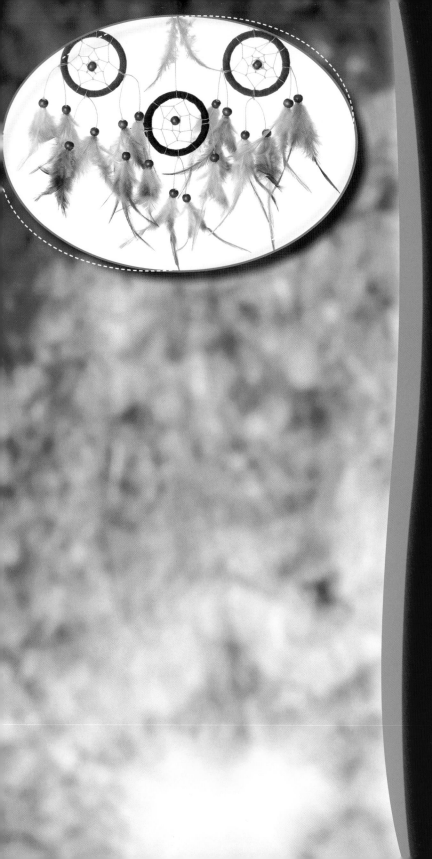

Selon la légende des Hurons-Wendat, l'attrapeur de rêves, ou «dreamcatcher», attrape tous les rêves, beaux et mauvais. Il garde les mauvais rêves prisonniers et les brûle, tandis que les beaux rêves retrouvent leur chemin et reviennent par les plumes.

C'est un peu le même principe qu'une passoire dans laquelle tu verses des pâtes lorsqu'elles sont cuites. La passoire retient les pâtes, mais l'eau qui a servi à la cuisson s'écoule par les trous. Il ne reste plus que les pâtes à manger. Miam !!!!

Les Naskapis ont toujours beaucoup utilisé les plantes pour se nourrir, se soigner, et même pour les tâches ménagères. Encore aujourd'hui, ils utilisent une plante très rugueuse, appelée lycopode, pour laver la vaisselle. Une fois enroulée autour des doigts, elle permet de bien frotter les restes de nourriture collés à la vaisselle.

C'est le même principe que les linges synthétiques à récurer que nous utilisons, mais qui sont beaucoup plus polluants pour notre environnement.

La gomme à mâcher est une invention des Innus. Bien sûr, elle n'était pas déclinée en autant de saveurs qu'aujourd'hui puisqu'elle provenait de l'épinette. Ils prélevaient la gomme des branches des épinettes et la mastiquaient comme nous le faisons aujourd'hui avec la gomme à mâcher que nous aimons tant.

Les Naskapis connaissent depuis des siècles l'ingrédient actif qui est utilisé dans les médicaments pour la douleur. Le saule discolore, une espèce d'arbre, produit une substance qui agit sur la douleur tout comme le font les comprimés d'ibuprofène d'aujourd'hui.

As-tu déjà joué au jeu de fléchettes sur gazon ? C'est un jeu qui nous vient des Hurons-Wendat, qui fabriquaient les fléchettes avec des épis de maïs verts, épluchés et affûtés. Ils enlevaient ensuite les graines des épis et y attachaient des plumes de diverses couleurs pour les différencier.

Gouvernement du Québec – Programme de crédit d'impôt
pour l'édition de livres – Gestion Sodec

info@lesmalins.ca

Éditeur: Marc-André Audet
Textes: Katherine Mossalim
Recherche: Marie-Ève Poirier
Conception graphique et montage: Energik Communications

Dépôt légal – Bibliothèque et Archives nationales du Québec, 2010
Dépôt légal – Bibliothèque et Archives Canada, 2010

ISBN: 978-2-89657-092-8

Imprimé au Canada

Les éditions Les Malins inc.
1447, rue Wolfe
Montréal (Québec)
H2L 3J5